AF314582

AVERTISSEMENT.

Mendier les suffrages
du Public par des cour-
bettes qui n'efféminent jamais son
jugement ; ajouter à la honte
d'avoir fait un mauvais livre ,
celle de vouloir, par la flatterie ,
corrompre ou énerver la sincérité
de la critique ; exposer les diffi-
cultés du sujet qu'on a traité , &
la foiblesse de ses forces , puis ,
par un retour d'orgueil , se mirer ,
se pannader , & grossir son mérite aux yeux de ce même Public devant qui l'on vient de s'ab-
baisser ; acheter par un peu de
modestie le droit d'être vain , &
paroître nain un moment pour pouvoir dans la suite paroître géant
avec plus de confiance , c'est ce

qu'on appelle aujourd'hui faire une
PRÉFACE.

Ce n'eſt donc point une Préface
que je vous préſente, mon cher
Lecteur, c'eſt une eſpece d'avis
qui m'eſt utile. Il y a dans ce
petit livre beaucoup de portraits
ſuſceptibles d'application. Je vous
prie de n'en faire aucune ; ſou-
venez-vous en le liſant que c'eſt
un Réve, & qu'un Réve peut
être enflé d'abſurdités ou de men-
ſonges. Adieu.

RÊVE

D'UN ARISTARQUE

MODERNE.

J'AVOIS soupé, évenement qui n'arrive pas toujours à mes semblables, & plein de ce jus qui, ainsi que l'amour, subjugue les plus forts, je passai le tems de la digestion à lire Angola. Je fis cette lecture rapidement, parce que Angola est une piece assez singuliere pour être lue, mais trop frivole pour être étudiée. Je sentis à la fin du second vo'ume que le sommeil se glissoit doucement sur mes paupieres, & le sommeil, comme on fait ; est un de ces Dieux auxquels on ne résiste pas

A

impunément. Je m'efforçai cependant de secouer les froids pavots qu'il semoit sur mes yeux. Je combattis long - tems contre lui ; mais après avoir combattu inutilement , je me couchai & je dormis.

Que les hommes sont heureux quand ils dorment ! Alors plus d'inquiétudes , plus d'anxiétés , plus de chagrin. Les sens inactifs & tranquilles ne présentent plus ces objets tristes , enfans ordinaires des passions. L'ambition , les brigues s'assoupissent ; on cesse d'être agité de ces mouvemens cruels que la haine excite , que l'amour propre entretient , que la rivalité fait naître. Plongé dans la profondeur du repos, on cesse de craindre , d'aimer , de pleurer , en un mot on cesse d'être malheureux. Hommes , écoutez ce que je vous souhaite , & que ce souhait vous convainque de l'amitié que j'ai pour vous : puissiez - vous dormir toujours !

A peine avois-je fermé les yeux, qu'il m'apparut une Dame parée

excessivement , & qui cependant
étoit bien. Je crus voir en elle la Fée
Lumineuse , cette Fée aimable qui
avoit assisté à la naissance d'Angola ,
& qui ne lui fut jamais cruelle. Je la
considérois attentivement ; ses yeux,
ses mains , sa contenance , qui sembloit demander plus d'amour que
de respect , rien n'échappoit à la
curiosité de mes regards. Je ne sais
pas encore quel étoit le motif de
mon attention à la contempler; peut-
être voulois-je observer s'il ne lui
manquoit rien pour être Lumineuse.
Si c'est elle , me disois-je , pourquoi
vient-elle ici ? Pourquoi préfere-
t'elle ma petite chambre à la richesse
& à la majesté de ses Palais ? A-t-elle
pour quitter son Royaume , les raisons qui engageoient autrefois Jupiter à quitter l'Olympe ? Je me fa-
tiguois à trouver le motif de sa vi-
site , & . . . Ma présence t'étonne ,
jeune homme , me dit-elle en souriant , & ne devroit pas t'étonner ;
je suis Déesse , femme par conséquent, & par cette raison sensible à la

A ij

politesse de ceux qui me trouvent belle & charmante. Mon portrait tracé par un pinceau habile, a fait sur ton cœur beaucoup d'impresfion. Je ne suis pas ingrate ; je veux te récompenser ; parle, quel service exiges-tu de moi ? Que désires-tu ? De connoître Paris, répondis - je auffi-tôt. Un autre lui auroit demandé le plaifir de commencer avec elle comme elle avoit fini avec Angola ; mais il faut remarquer que je rêvois, & qu'un homme qui rêve ne penfe pas toujours comme il auroit penfé pendant le jour. Eh ! bien, reprit Lumineufe, tes defirs feront fatisfaits ; partons. Nous montâmes alors tous deux dans un je ne fais quoi, traîné par quatre colombes : ce je ne fais quoi au refte n'étoit point un vis-à-vis.

Il faut avouer que cette façon de voyager en l'air eft extrêmement commode ; notre voiture alloit d'une vîteffe furprenante. Nous fûmes en un inftant à quatre lieues de Paris. Je demandai alors à ma conductrice dans quel pays nous étions : elle frappa un palais de sa baguette , & j'aperçus tout son intérieur. C'est ici , me dit-elle , le séjour de nos Rois ; voulez vous examiner tout ce qui s'y passe ? Non , répliquai-je : qu'y verrois-je ? Un Prince aimable , doux , humain , le pere de ses peuples , l'ami des Grands Hommes , enfin un Roi qui l'est véritablement , qui réunit en soi toutes les qualités par lesquelles vous brillez dans votre Cour..... J'ai oublié de vous dire , avant de partir , que je ne voulois voir que Paris ; ne nous arrêtons donc pas ici s'il vous plaît : je suis trop vrai pour n'être pas indiscret , & il est dangereux de l'être.

Nous partîmes aussi-tôt de cette Ville , & nous nous occupâmes , pour exercer notre critique , à regarder ces maisons qu'on appelle de plaisance , quoiqu'elles soient plutôt le séjour de l'ennui. Nous en remarquâmes une entre autres plus spacieuse , plus belle , plus *Versa-*

lienne que toutes celles que nous avions cependant admirées. A qui donc appartient ce Palais enchanté, dis-je à la Fée ? C'est, me répondit-elle, la demeure d'un jeune homme, qui s'amuse à y dépenser rapidement les biens immenses que son pere, immortalisé par sa lézine (car les vices immortalisent ainsi que les vertus) lui a amassés avec peine. Elle frappa la maison de sa baguette, le toit disparut ; & qu'aperçus-je, grands Dieux! Des bouteilles cassées, une table renversée, des plats de porcelaine brisés , le parquet noyé dans le vin de Bourgogne mêlé avec les sausses & le pain , trois femmes pâles , tremblantes & consternées , & deux hommes fondants l'un sur l'autre l'épée à la main. A ce spectacle affreux je reculai d'horreur; un autre plus zélé se seroit peut être avancé pour les séparer , mais je n'étois pas armé & je dormois.

Je me contentai de prier Lumineuse de m'expliquer la cause de ce

différend. Voilà le fait, me dit-elle ;
ces trois Dames qui ont la tristesse
& l'inquiétude peintes sur le visa-
ge, sont des femmes de Robins ; ne
pouvant pas avoir d'argent de leurs
maris, elles galantisent pour sup-
pléer à ce défaut. Ce jeune homme
que vous voyez à droite, & qui s'é-
lance avec tant de fureur sur son
adversaire, a épousé depuis quelque tems celle de ces trois Dames
qui vous semble la plus abbatue ; il
a acheté ces jours passés une charge
de Conseiller pour avoir un nom,
& pour annoblir sa paresse & son
oisiveté. Il aime sa femme, il l'a-
dore, il lui procure tous les plaisirs
qui coûtent le moins ; mais pour de
l'argent il ne peut pas se résoudre à
lui en donner : il craint sans doute
qu'elle n'en fasse pas un bon usage,
du moins il le dit ; cependant il ne
faut pas être méchant pour deviner
qu'il est avare. Son épouse ennuyée
d'être pauvre a cherché les moyens
de ne l'être plus, & elle a enfin trouvé
celui qu'elle emploie. Elle a su que

le maître de cette maison étoit un jeune fol qui n'épargnoit pas son bien, lorsqu'il s'agissoit de se divertir, & qu'il payoit avec usure les caresses qu'on lui faisoit ; elle s'est introduite chez lui, sûre de plaire, parce qu'elle est jolie, & de s'enrichir parce qu'elle est tendre. Elle goûtoit les plaisirs les plus doux, elle buvoit, elle se divertissoit, elle rioit, lorsque son mari, instruit de sa conduite, a paru au milieu de l'assemblée : sa présence a éclipsé les plaisirs. En ce moment un silence farouche remplace le bavardage léger, les esprits s'égarent, les cœurs palpitent, la pâleur, fille de la crainte, s'assied tout-à-coup sur les visages consternés ; la rage exprime seulement ses traits sur celui du Conseiller. Ainsi lorsque vainqueur d'un nuage obscur le foudre tombe près d'une maison où préside l'allégresse, la gaieté disparoît aussi-tôt, une sombre taciturnité succede au babil aimable & aux plus folâtres chansons, tout le monde se tait, le

foudre gronde feul. Tel ce mari auprès de la compagnie effrayée, il
jure, il menace, il tire fon épée
pour en percer fon infidelle ; l'Hôte
furieux de voir un mari, & indigné
du traitement qu'on fait à fon aman-
te, reprend fes efprits, fe leve &
fe bat. Mais fuyons de ces lieux,
ajouta-t-elle, vous voulez être à
Paris, & vous n'y êtes pas.

No quatre colombes fendirent
alors les vaftes plaines de l'air, &
nous tranfporterent fur une des tours
de Notre-Dame. Reftons ici, dit la
Fée, la nuit eft fereine, nous pour-
rons voir à loifir tout ce qui fe
paffe. Comment cela, repris-je ?
Paris eft immenfe, & mes foibles
yeux ne pourront jamais s'étendre
par tout. Ne vous inquiétez pas,
répliqua Lumineufe, je remédierai
à cet inconvénient ; puis elle tira
de fa poche une petite phiole pleine
d'une je ne fais qu'elle eau, dont
elle humecta mes prunelles : mes
yeux s'ouvrirent, & de quelque

côté que je portasse mes regards ;
rien ne m'échappoit.

Nous vîmes d'abord un homme
assis dans son cabinet, & qui, mé-
ditatif profond, étoit tellement li-
vré à ses réflexions, que la chûte de
l'Univers ne l'en auroit pas distrait.
L'impiété & l'irréligion à ses côtés
noircissoient sa plume de leur fiel ;
ses yeux paroissoient enflammés de
fureur, son esprit nourri d'idées terribles & de paradoxes affreux, &
son cœur aussi tumultueusement
agité que l'Océan l'étoit lorsqu'Eole, à la priere d'une Déesse
ennemie, souleva ses sujets redou-
tables contre la flotte du pieux Enée.
C'étoit Luther armé contre la Foi,
c'étoit Calvin Déiste. Dites moi,
je vous prie, Madame, pourquoi
cet homme lance contre le ciel des
regards si furieux ; pourquoi, inspiré par des monstres aussi féroces,
compose-t-il des ouvrages dont le
titre paroît leur être si contraire ?

Ses livres ne sont qu'un fatras de

menfonges groffiers & d'impertinences dangereufes. Celui qu'il com-
pofe à préfent eft deftiné à railler
les Myfteres, les Miracles : la jeuneffe pourra y apprendre à fatisfaire
fes paffions & à contenter tous fes
defirs. Son titre ne doit pas vous fur-
prendre ; les écrits les plus funeftes
aux mœurs & à la foi font tous dé-
corés aujourd'hui d'un frontifpice
honnête. Il n'eft pas le feul, ajouta-t-elle, qui *fue* pour attaquer la
vérité ; plufieurs s'efforcent de la
couvrir de nuages.

Un autre Auteur moins coupable,
cependant dangereux, vous prouve
très - gravement que la Littérature
eft un poifon lent qui brûle les parties faines de la fociété, & un vent
impétueux qui féche & dévore la
fleur des vertus éclofes parmi l'ignorance & la barbarie. Il s'efforce de
vous démontrer que vous êtes ori-
ginairement une bête, & que vous
devez l'être encore.

Un troifieme vous explique la
naiffance du monde, & donne un

démenti formel à une Histoire que
que tous les siecles ont respectée,
& que depuis dix-huit cens ans l'U-
nivers croit fermement. Celui-ci
recueille avec esprit les preuves de
la mortalité de l'ame éparses dans
je ne sais combien de livres surannés
& anéantis par les plus célebres Auteurs ; celui-là vous assure d'un ton
fluté que vous êtes un sot de croire
ce que le monde entier a cru & croit
encore. Tous enfin sont possédés de
la paradoxomanie.

Lumineuse parloit encore ; mais
je l'interrompis pour la prier de
m'instruire sur un objet qui m'inté-
ressoit davantage. Je voyois un homme, vieilli par les malheurs, qui
poussoit de longs soupirs, & gémis-
soit sur la cruauté de son sort ; il levoit les mains au ciel.

Je remarquai sur son front tous
les caracteres de la douleur : j'é-
tois sensible à sa tristesse. Je demandai donc à ma conductrice
qui étoit celui dont je plaignois le
sort. Elle me dit que c'étoit un

de ces mortels vertueux que la Patrie ne récompense pas, parce que
les services qu'ils lui rendent ne la
touchent pas autant que les maux
que lui font ses Héros. S'il se fût
destiné dès sa jeunesse, ajouta-t-elle,
à dévaster les Provinces, à ravager
les campagnes, à massacrer ses semblables & à dépeupler l'Univers,
il auroit à présent des autels; mais
renfermé dans son cabinet depuis
l'âge de vingt ans, & cloué sur des
ouvrages utiles qui doivent infailliblement rendre leurs Lecteurs vertueux, comment voulez vous qu'il
soit connu de ses compatriotes? Il
ne leur a fait que du bien. Il n'y a
gueres aujourd'hui que les vertus
brillantes & les crimes illustres qui
faffent fortune : le mérite doit être
fastueux, s'il veut parvenir.

Je versois des larmes sur le sort
du mérite isolé, & je considérois
attentivement combien il importoit
aux Etats de l'encourager. Je remar-
quois Athènes & Rome, d'abord
les Oracles du bon goût & l'afile
des sciences, devenues ensuite bar-

bares, parce qu'elles avoient ceſſé
d'honorer les talens ; car c'eſt autant
& peut-être plus à leur peu de ſoin
de protéger les arts, qu'à la férocité
des armes & aux victoires de leurs
ennemis, que ces Villes ſavantes ont
dû leur décadence. La France, riche
des dépouilles de ces maîtreſſes de
l'Univers, étoit leur rivale le ſiecle
paſſé, parce qu'elle ſavoit diſtinguer
les Grands Hommes. La Nobleſſe
n'étoit pas à ſes yeux un titre ſuf-
fiſant pour être élevé aux dignités ;
la vertu, même dénuée de parche-
min, fixoit ſeule ſes regards. Elle
reſpectoit Fabert autant que Villars,
& il lui paroiſſoit auſſi glorieux
d'avoir tiré Boſſuet de l'obſcurité,
que d'y avoir laiſſé vieillir les noms
les plus illuſtres, mais avilis par
ceux qui les portoient. C'étoit
Rome ancienne qui mettoit ſes
Cicérons au niveau de ſes Céſars.

Un ſpectacle imprévu rompit le
fil de mes obſervations. J'aperçus
une maiſon magnifique, ſpacieuſe,
&, pour ainſi dire, brodée d'or ;
la Manufacture des Gobelins l'avoit

tapiſſée; Vanloo & la Tour l'avoient enrichie de leurs tableaux ; bref, c'étoit Verſailles en miniature. J'y vis à ſa toilette un petit homme en déshabillé, entouré de quelques Laquais qui ſe mocquoient de lui : une Dame aimable , quoiqu'extrême-ment parée , ſourioit à tout ce qu'il diſoit. Pour lui il minaudoit , il parloit beaucoup , ſe miroit , ſe pan-nadoit , s'adoniſoit , & faiſoit les doux yeux : il n'eſt pas néceſſaire de dire à qui ; j'ai remarqué qu'il y avoit une Dame à ſes côtés. Quel eſt donc ce fat recrêpi qui ſe fait ainſi l'amour auprès de ſon miroir , dis-je à mon Truchement? C'étoit un Laquais il y a une dixaine d'années , me répondit la Fée. Son Maître , pour le récompenſer de ce qu'il l'avoit volé pendant ſix ans , lui a obtenu depuis une commiſſion dans les Fermes : il a ſu s'avancer rapi-dement par la baſſeſſe & par la flat-terie. Il eſt devenu riche & orgueil-leux ; il eſt aujourd'hui fréquenté de tout ce qu'il y a de plus grand dans le Royaume. Il tient table ouverte ;

& pour prouver qu'il a des talens, il daigne y admettre les Sçavans de ce siecle, à condition qu'ils écouteront sans rire toutes ses impertinences ; car, à parler sincérement, il ne sait rien, & c'est peut-être une des raisons pour lesquelles il raisonne sur tout. Il fixe les régles de l'éloquence qu'il tire de son cerveau vuide ; il apprécie les Poëtes ; dans sa balance le mérite de Théophile est égal à celui de Corneille ; Virgile n'est qu'un bavard, Racine qu'un doucereux, Bouhours qu'un Ecrivain qui ignore les beautés de la langue ; mais ce qui met ses convives dans une contrainte bien cruelle, c'est qu'il a la manie de parler d'Histoire. Il confond les dates, il mêle les Grands Hommes du siécle passé avec ceux du huitieme siécle. Quelle victoire, Messieurs, s'écrie-t-il quelquefois, que celle d'Alexandre sur Pompée ! Que le cynique Amiot reçut de bienfaits de ce Prince, dont vous savez qu'il étoit Précepteur ! Que..... Ah !

laiſſons, je vous prie, Madame, repris-je en baillant, cet ennuyeux per-
ſonnage ; ſon bavardage m'excéde
& m'anéantit. Je ne pourrois pas
comprendre comment des Sçavans
peuvent l'écouter de ſang froid, ſi
vous ne m'euſſiez obſervé qu'ils
mangeoient ſon bien.

Jettons plutôt les yeux ſur un
Hôtel qui eſt vis-à-vis de celui-ci ;
j'y vois une femme déja habillée,
qui me ſemble fort jeune & fort
jolie, & une eſpece de Mouſque-
taire qui lui baiſe les mains ; ne
feroit-ce point ſon mari ? Oh ! non,
reprit ma conductrice ; il y a longtems qu'elle ne reçoit plus de ſemblables careſſes de ſon époux : elle eſt
douairiere, quoiqu'elle vous paroiſſe
jeune. Elle a ſoixante & dix ans ;
mais à Paris on ſait recrêpir ſa beau-
té. On y vend des dents, des che-
veux & des appas ; on y peut ſem-
bler verdelette juſqu'à la mort. La
matrone dont il s'agit eſt une vieille
folle aſſez riche, ſi elle n'avoit pas
vingt procès dont elle perdra au

moins dix-neuf, & si elle ne payoit
pas largement l'amour qu'on daigne
avoir pour elle. Vous la croyez jolie, elle l'est aussi pendant le jour ;
mais elle est affreuse pendant la
nuit. Ses dents blanches, ses che-
veux, ses yeux si vifs sont postiches,
& ils lui ont coûté beaucoup ; aussi
pour les conserver, il n'est rien
qu'elle ne mette en usage. Avant de
se coucher, elle renferme le tout
dans une petite cassette, & elle défend à ses gens de laisser entrer qui
que ce soit avant qu'elle soit *décem-
ment*. Elle paye ce jeune Mousque-
taire pour lui faire l'amour pendant
la journée ; elle lui prodigue ses caresses avec des gants, parce qu'elle
craint de lui laisser apercevoir des
bras décharnés & des mains hideu-
ses. Enfin, elle paroît aimable sur un
canapé, elle est dégoutante dans son
lit. Pourquoi ? L'art paroît pendant
le jour, pendant la nuit la nature ;
à dix heures du matin c'est Made-
moiselle de * * *, à onze heures du
soir c'est Madame * * * sexagé-

naire. Le plus déterminé misantrope eût ri en voyant ce portrait ; moi donc qui ne suis pas misantrope, je ris à gorge déployée, & je n'aurois pas, je crois, cessé de rire, si je n'eusse pas eu une distraction.

Je m'imaginai être dans la rue St. Honoré, au milieu d'une assemblée tumultueuse ; l'endroit où je me trouvois étoit rempli d'hommes & de femmes, qui chantoient, dansoient, s'embrassoient, &c. Qu'ils sont heureux, dis-je à ma Fée ! Heureux, répliqua Lumineuse, vous vous trompez, ils ne le font pas ; vous les voyez aujourd'hui dans la joie, demain vous leur verrez une sotte figure. Cette maison est l'Opéra, il y a bal aujourd'hui. On se divertit, on vole de plaisirs en plaisirs ; les Actrices faciles se laissent subjuguer par des freluquets dorés sur tranche, qui seront infailliblement les dupes de leur complaisance. Demain ils regretteront l'argent qu'ils ont dépensé ; ils chercheront une montre qu'ils ont perdue, ils pleureront une bague qu'ils ont

donnée. N'enviez point le plaifir
qu'ils goûtent ; ce plaifir eft faux,
dès qu'il n'eft que d'un moment.
Beau trait de morale, repris-je à
mon tour ! Il feroit à fouhaiter qu'il
fût tracé en lettres d'or fur la toilette des Princes, des Ducs, des
Marquis & de leurs femblables. Pour
un rien je ne jetterois pas les yeux
fur.... Ne feroit-ce pas là la Comédie, Madame ? Mon Dieu, que
de talons rouges ! que d'illuftres oi-
fifs ! Voyez les Acteurs comme ils
fe trémouffent, comme ils fatiguent
leurs bras, comme ils tiennent leurs
jambes ; l'un rugit de colere & menace en fouriant ; celui-ici feint
d'être hardi, & tire en tremblant
fon épée, pour ne pas s'en frapper ;
l'une vous alonge une main pour
que vous y cueilliez un baifer, l'autre fue pour vous faire accroire
qu'elle eft touchée ; les loges pleu-
rent, le parterre fiffle, le théâtre
baille : chacun montre fon fenti-
ment. Mais qu'entens-je ? Un ap-
plaudiffement général, qu'eft-ce que

cela signifie ? C'est un Héros , répondit ma conductrice , qui , vainqueur & couvert de lauriers , entre
dans la troisieme loge à droite. Il
a remporté ces jours passés une victoire complete sur les ennemis ; &
depuis peu à Paris , il vient se montrer à ses compatriotes , pour recevoir des éloges que , selon quelques
mal-intentionnés , il ne mérite pas ;
on le félicite , on le loue ; demain
on le sifflera : c'est la mode à Paris ,
on embrasse pour mieux mordre.

La piece que l'on joue est Z . . .
piece foible & ennuyeuse. Son Auteur avoit besoin d'argent , & c'est
un moyen infaillible pour en avoir
que de donner quelques productions
au public , parce qu'il est assez bon
pour les acheter, & assez sot pour les
lire *. Les Acteurs s'efforcent de la

* N'en déplaise à l'Auteur, ce moyen
n'est rien moins qu'infaillible ; le Public
n'achete point tant qu'il se l'imagine les
Ouvrages médiocres, témoin Z . . . . &
bien d'autres que je pourrois citer . . . . témoin, peut-être . . . . . . Mais n'en disons
pas davantage.

bien rendre ; mais ils rendent foi-
blement le Cid , Cinna , Phédre ,
Athalie ; comment rendroient - ils
bien une Tragédie fans caractère &
fans fentimens ? Voulez-vous favoir,
ajouta-t-elle , ce que l'on entend aujourd'hui par Comédiens & par Comédie ? Le voici. Etendre les bras
lorfqu'il les faut croifer , fe déhan-
cher pour avoir l'air fuppliant , dé-
tonner pour jouer une paffion vive ,
donner un ton épigrammatique aux
fentimens de défefpoir les plus vio-
lens , fatiguer inutilement fes prunelles , à force de les tourner , quand
il faut les tenir immobiles , en un
mot, eftropier les plus beaux vers ,
rendre tranquillement les paffions
tumultueufes dont on eft agité , tra-
veftir les Rois en petits maîtres , &
les Empereurs en fats , efféminer
dans fes tons le mâle défefpoir de
Brutus , le courage vertueux de
Rodrigue , & la grandeur héroï-
que de Joad , tel eft le caractere
de vos Comédiens. Heureufe encore la France , fi parmi eux elle

comptoit un Roscius ; mais Rome
n'en eut jamais qu'un , & il y a
encore une grande différence , quoiqu'en difent les adorateurs des modernes , entre la France & Rome.

La Comédie n'est plus ce qu'elle
étoit le siécle passé ; elle a dégenéré
comme tout le reste. Le génie créateur qui l'a tirée des ouvrages de
Plaute & de Térence s'est éteint, &
à fa place ont paru des beaux esprits , qui ont cru follement que
pour faire une piece de théâtre il
suffisoit de coudre plusieurs scenes
ensemble , & de les larder de poin-
tes libertines & de mots à double
entente. Parmi tant de théâtres im-
primés depuis Pocquelin , il n'est
peut être qu'une ou deux Comédies qui méritent l'im mortalité ;
encore la postérité s'apercevra-
t-elle bien qu'elles ne font pas de
Moliere.

Mais finissons nos réflexions , continua Lumineufe , nous ne sommes
pas venus ici pour differter , mais
pour voir. Remarquez - vous dans

cet enfoncement un cabinet plein de livres & de papiers, & un homme occupé à écrire ? Oui, Madame, répondis-je ; mais quels monſtres ſont à ſes côtés ? L'un conduit ſa plume, & l'autre lui verſe dans une grande coupe une liqueur noirâtre qu'il boit avec plaiſir. Ce ſont la haine & la calomnie, reprit la la *Fée*. Cet homme eſt un faiſeur de feuilles périodiques, qui croit être univerſel & qui critique tout ce qui paroît. Il ne ſe donne pas la peine de lire les ouvrages qu'il veut juger ; il a des ſubalternes qu'il paye pour en faire une mauvaiſe analyſe ; pour lui il ſe charge de les apprécier & de peſer ce qu'ils valent : ſi l'Auteur a fait la courbette devant lui, ſon livre eſt divin ; ſinon l'Ouvrage eſt déteſtable ; il a cependant promis au public d'être impartial.

Lumineuſe avoit à peine achevé ſon portrait, qu'elle échappa à mes regards inquiets ; je me trouvai ſeul au milieu d'un Palais ſur la porte duquel étoit écrit ce mot *FELICITAS*.

Je

Je fais grace à mes Lecteurs , si j'en ai quelques-uns , de la description de tout ce que j'y admirai ; je ne les promenerai point de corridor en corridor ; je ne leur compterai pas les ronds & les ovales des plafonds : je laisse à Scuderi le soin fatiguant de montrer aux oisifs les balcons & les balustres d'or , & de crier avec enthousiasme

Ce ne sont que festons, ce ne sont qu'astragales.

Je mecontenterai de dire que ce Palais étoit fort beau, & qu'il ne pouvoit appartenir qu'à un Roi , ou à moi rêvant. J'entrai dans une des salles , & j'y vis une table couverte de tout ce qu'il y a de plus rare dans l'Univers. Si vous me demandez ce que je fis à l'aspect de mêts si exquis, je vous répondrai avec toute la naïveté possible , que je m'assis & mangeai. Mais , me dira-t-on peut-être , comment avez-vous osé toucher à des plats que vous saviez n'avoir pas été servis pour vous ? Comment ? Belle question ! Ne vous

B

souvient-il plus que je dormois ? Et observez, s'il vous plaît, que perſonne n'eſt ſi hardi que moi dormant & plein d'appétit. D'ailleurs, eſt-on obligé de juſtifier un rêve ? Je mangeois donc & je buvois, j'étois content : qui ne l'auroit pas été à ma place ? Mais ce qui va vous ſurprendre, c'eſt qu'au milieu de mon bonheur je ſongeois encore à mes ſemblables ; & indigné contre ces mortels inſenſibles qui, loin de conſoler la miſere & l'indigence, ne daignent ſeulement pas eſſayer leurs regards ſur elles, je méditois le deſſein de faire des heureux ; je payois deja des eſpions pour chercher les miſérables & me les amener. Ces malheureux paroiſſoient tour-à-tour devant moi ; je pleurois avec eux, je plaignois leur ſort ; je faiſois plus, je le changeois. La reconnoiſſance éclatoit dans leurs yeux, dans leurs geſtes, dans leurs paroles ; ils embraſſoient mes genoux. Levez-vous, leur diſois-je, levez-vous, pourquoi vous proſternez - vous devant moi ? Je suis un homme , & je dois vous secourir. Mais je leur parlois en vain : ils mouilloient toujours mes pieds de leurs larmes , & ils fixoient respec- tueusement leurs yeux sur moi comme sur un ange tutélaire.

Quels étoient mes sentimens ! Quelle joie , quel plaisir de s'enten- dre nommer mon pere ! Je les re- gardois , je les appelois mes enfans , je les embrassois ; rien ne coûtoit à ma tendresse , comme rien ne coû- toit à leur reconnoissance. Nous étions tous heureux , mais ma féli- cité étoit supérieure à la leur ; j'a- vois sur eux l'avantage d'avoir pro- duit leur bonheur. O ! Rois , m'é- criois-je alors , nobles images de la Divinité , votre principal devoir consiste à être les bienfaicteurs de vos peuples , mais sachez que rien n'est si doux que ce devoir.

Les songes sont légers, ils paroiss- sent & ne sont plus ; celui-ci vous charme, il passe , & il lui en succede un autre qui vous accable de tristeffe : c'eft ce qui m'arriva. J'étois il n'y a qu'un moment dans un Palais enchanté, je n'y fuis refté qu'un inftant, & j'en fuis forti pour entrer où ? Dans un Château lugubre, fouvent la demeure des coupables, quelquefois celle des malheureux. Sa porte étoit gardée par la féroce infenfibilité ; la colere, qui en eft géoliere, aigriffoit par fon ton rauque les maux des prifonniers. Nul ménagement, point d'égards ; la douleur, les larmes, les foupirs, vautours affamés, dévoroient les entrailles des captifs ; l'ennui étoit auprès d'eux, & bâilloit cruellement. Senfible à leurs peines, je m'approchai de l'un d'eux ; & pourquoi, lui dis-je, vous vois-je dans dans c.t état ? Quelle eft la caufe de votre malheur ? Ne pourrois-je pas y remédier ? Hélas ! non, Monfieur, me répondit-il, je fuis ici depuis quelque tems, pour avoir commis une faute bien pardonnable à ma jeuneffe. Je vivois ifolé, & comme un folitaire, occupé feule,

ment à des ouvrages de goût ; per-
sécuté par mes ennemis , peut-être
parce qu'ils ne peuvent pas être mes
rivaux , je profitois , dans le silence , de leurs perfécutions , & j'examinois d'un œil impartial les diffé-
rens ouvrages que je compofois. Il
parut cependant une piece enflée de
bévues & de calomnies ; je voulus
l'apprécier , & venger par cette ap-
préciation févere , mais jufte , la réputation des Ecrivains célebres qui
y étoient inveĉtivés. On lut d'abord
ma critique avec plaifir ; mais on
fe fouvint enfuite que j'étois incré-
dule , & l'on m'accabla. Traîné ici
comme coupable , on m'y prive de
tout fecours , de crainte que je ne
me juftifie ; j'efpere néanmoins for-
tir dans peu de ce manoir affreux ,
parce que ma critique n'eft contraire
qu'à la Religion. Qu'à la Religion ,
repris-je avec feu ! Ce n'eft donc
point affez , Monfieur ? Oh ! moi je
vous affure que puifque votre ouvrage eft impie , vous refterez dans
les ténebres de ce cachot plus long-

tems que vous ne penfez. Le Prince
eſt, malheureuſement pour vous,
trop ami de la Religion pour ne point
punir ſes blaſphémateurs : ignorez-
vous que c'eſt Louis qui regne?

A ce mot de Louis, la priſon s'é-
clipſa, & j'étois à Verſailles. Le
Prince ſe levoit, & ſa chambre étoit
pleine de flatteurs & d'eſclaves qui
l'importunoient par leurs fades éloges ; il ſouffroit avec peine les ap-
plaudiſſemens emphatiques dont
chacune de ſes paroles étoit ſuivie :
il frémiſſoit. Alexandre & Auguſte
payoient leurs adulateurs ; mais
qu'eſt-ce qu'un conquérant ou un
tyran vis-à-vis d'un Roi?

Mais, me dira-t-on, n'avez-vous
remarqué que cela à Verſailles? J'ai
vu l'ambition couverte du maſque
de l'amitié, étouffer de ſes embraſ-
ſemens la grandeur favoriſée qu'elle
vouloit anéantir. J'ai vu la fatuité
pincée d'orgueil, ramper devant ſes
ſupérieurs, & exiger de ſes ſubalternes les courbettes qu'elle avoit fait
au Prince. J'ai vu le vice accabler

l'innocence , & l'hipocrisie souffler
la discorde. J'ai vû ... eh que ne voit-
on pas dans les Cours ! J'ai vu la
minauderie voluptueuse, la haine en-
veloppée dans le manteau de la vertu , la rivalité trompeuse & sangui-
naire . . . . J'ai vû enfin beaucoup
de vices & quelques vertus qui n'o-
soient pas se montrer.

Mais revenons à Paris ; car je
veux être libre dans mes portraits.
J'y aperçus dans un petit hôtel un
homme de Robe : sa mine alongée
sembloit représenter le jeûne , &
j'aurois juré que le carême finissoir,
si je ne me fusse souvenu que le
mois de Juin étoit passé. Sa chambre étoit malpropre , ses meubles en
petit nombre. Voilà un Procureur,
un Avocat ou un Conseiller bien
pauvre, me disois-je ! Quoi, point
de cuisine , point de laquais , point
de carôsses ! Il me semble cependant
qu'il a cinquante ans , & un Conseiller de cet âge ne va pas ordinairement à pied. Sans doute que , su-
périeur à ses semblables , il préfere

les intérêts du peuple aux siens ;
& qu'il aime mieux être pauvre que
de devenir riche par le crime. Quel
homme, ajoutois je ! Qu'il s'en trouve peu qui lui reſſemblent ! Qu'il
mérite bien que ſon indigence ſoit
reſpectée de la poſtérité, & attire ſur
elle les regards bienfaiſants du Prince. J'allois me livrer à toute l'ad-
miration dont je le croyois digne,
lorſque je le vis courir avec em-
preſſement vers une caſſette qu'il
ouvrit ; elle étoit gonflée de ſacs de
louis, il les contemploit avec raviſ-
ſement ; ſes yeux pétilloient de joie.
Il ne touchoit ſon or qu'avec précau-
tion ; il craignoit d'en ternir l'éclat ;
il paroiſſoit lui rendre une eſpece
de cu'te : c'étoit Harpagon en robe
de Palais.

Dans un rêve on paſſe fréquemment
ment du blanc au noir, & les tranſi-
tions ſont ſi heureuſes, que l'eſprit ne s'en aperçoit pas. J'étois
outré de fureur contre l'avarice de
cet homme ; je me mis à rire preſ-
que dans le même moment, des

contorfions & des grimaces que fai-
foit dans un grenier une espece de
Sybille mâle , que le plus médiocre
phifionomifte ne pouvoit méconnoî-
tre pour un Poëte , tant fes habits
étoient ufés & fa table frugale ; il
étoit occupé à répandre avec la plume de Théophile le fiel & la bile
de Juvenal contre fes critiques. Sa
piece étoit intitulée : *Satyre contre
mes Cenfeurs*. Il s'y déchaîne contre
leurs écrits ; il y déchire leur réputation , il s'efforce de flétrir leur
gloire ; mais en vain. Il les venge
de fes morfures , même en les atta-
quant.

Cependant , quelque piétre verfi-
ficateur qu'il foit, il veut toujours ver-
fifier , & , qui pis eft , montrer fa
verfification au Public ; mais fa té-
mérité lui coûtera cher. Le Public
eft jufte , il le bernera , il le fifflera :
qu'il faffe mieux , qu'il ne le life
point.

Etre Poëte médiocre ou ne l'être
point du tout , c'eft la même chofe.
La Poëfie eft le langage des Dieux ;

il faut connoître toutes les bizarre-
ries de cette langue , pour pouvoir
la parler comme il faut. Malheur à
qui n'en fait que quelques mots , &
qui veut cependant la béguayer! Mais
mon ami , lui dirois - je , rampez
tranquillement dans votre obscurité :
pourquoi faites-vous tant d'efforts
pour la flétrir ? Voulez-vous grossir
la liste , déja pleine , des Pelletiers
& des Cotins ? Croyez-moi , soyez
plus sage ,   fuyez l'empire des neuf
Sœurs ; quittez l'envie que vous
avez de pénétrer dans le sanctuaire
d'Apollon. Eh , que n'écrivez-vous
en prose ! On laisse en repos un mauvais prosateur, on méprise un mauvais Poëte.

Mes avis eussent été plus longs ;
mais dans le tems que je les débitois ,
je me souvins que c'étoit aux Poëtes
que je les donnois. Ils sont superflus,
me dis-je alors : possédés des fureurs
de la métromanie, il n'est aucun de
ces Messieurs qui prenne mes con-
seils pour lui. Ils croient tous être
sur le sommet du Parnasse , & pré-

fider aux concerts des neuf Mufes.
Je quittai donc cette idée, & pour
m'occuper de quoi ? D'une fottife,
d'une bagatelle, d'un rien ; car je me
mis à définir un certain imbécille à
trente-fix karats, auffi indigne de
vivre que de mourir. Il traîne, di-
fois-je, dans fa vafte maifon le poids
de fa graiffe & de fa ftupidité ; incapable de tout, il emploie fa vie à
faire rien. Auffi fatigué du vice que
de la vertu, il languit dans les té-
nèbres de l'inftinct ; on diroit que
c'eft un animal fenfitif qui broute,
& qui ne fait que végéter. Il ne fait
ni mal ni bien ; il ne mérite d'être
ami ni ennemi de qui que ce foit.
On n'ofe pas dire qu'on le connoît :
on le pratique cependant, parce qu'il
eft riche & puiffant. On ne daigne
pas le craindre ; on le laiffe vivre
en repos ; en un mot, c'eft un des
animaux dont on recherche encore
l'utilité.

L'idée de cet homme ridicule s'é-
vanouit, & fût remplacée par celle
d'un individu peut-être plus ridicu-

le , mais moins ſtupide. C'étoit une eſpece d'Ariſtote en bonnet quarré , & revêtu de quelques aulnes pendantes de groſſe étamine. Aſſis fiérement dans une chaire , que croyez-vous qu'il enſeignât à ſes Diſciples ? A modérer leur paſſions ? Non ; à ſe taire ? encore moins ; à bien parler ? point du tout ; quoi donc ? Quoi ? Les univerſaux , les cathégories , & quelques autres riens logiques , qu'il prenoit le ſoin d'obſcurcir , & que ſon auditoire n'écoutoit pas. Il penſe être le premier Docteur de l'Univerſité. Sa hardieſſe lui tient lieu de ſavoir ; ſon ton impertinent , de réponſe ; il noye une mauvaiſe preuve dans un océan de paroles inutiles ; il ferme la bouche à ſes adverſaires par je ne ſais combien d'obſervations frivoles que ſon eſprit ſtérile , pour trop être fécond , imagine , lorſqu'il eſt embaraſſé.

Lui & ſes ſemblables devroient ſavoir que la philoſophie eſt la premiere des ſciences quand elle eſt maniée par le génie ; mais qu'elle est dégoutante quand elle est expliquée par l'ignorance. Je connois un Sçavant aimable qui réunit en lui seul la profondeur de Newton & l'esprit de Fontenelle ; il fait donner des graces aux matieres les plus abstraites, & appliquer fur les fujets triftes le vernis de Martin.

> Par lui l'âpre philofophie
> Quitte fon ton rauque & fourit,
> L'attraction eft des graces fuivie ;
> L'algebre même a de l'efprit.

Philofophes petits maîtres, apprenez de lui à n'être pas des Sçavantas ennuyeux ; & fi vous voulez obtenir les fuffrages du Public, apprenez à être ce que vous ne ferez jamais tant que vous ferez ignorans, à être modeftes.

A peine avois-je dicté cet avis falutaire que je fus témoin d'une fcene plus tumultueufe & auffi finguliere. Il me fembloit être au milieu d'une affemblée bruiante, compofée de jeunes gens qui fe difputoient vivement en préfence d'onze Meffieurs

qui les écoutoient en bâillant. On
parloit, on crioit, on ne s'enten-
doit plus. L'un vous prouvoit très-
gravement l'existence d'un Etre Su-
prême, que l'autre anéantissoit aussi
gravement. Celui-ci ressuscitoit les
objections que Bayle, ce Jupiter por-
tenues, a ramassées de tous côtés.
Celui-là sembloit vouloir fortifier le
Déisme par ses réponses foibles, &
ébranler par la vanité de ses raisons
la force & la stabilité de la Religion.
Grand Dieu, m'écriai-je aussi-tôt,
sont-ce là les colonnes de ma foi,
& les défenseurs de ma doctrine !
Le Skéik explique & défend mieux
les mensonges de l'Alcoran, qu'ils ne
développent les vérités de l'Evangile. Quels Docteurs !..... Pourquoi donc s'étonner des triomphes
du Déiste & de l'affaissement du
Christianisme ? O Chrisostômes, ô
Jérômes, ô Augustins, leurs peres
& leurs maîtres, que vos enfans sont
novices dans la lecture de vos ouvrages, & dans la connoissance de la
Religion ! Jurieu, Claude, repa-

roiſſez ſans crainte ; Boſſuet n'eſt
plus.

Je n'eus pas plutôt prononcé ces
exclamations pompeuſes , que je ne
m'en ſouvins plus. Ma vue ſe porta
ſur un nouveau la Fare , ſur un Epi-
cure moderne. Le plaiſir eſt ſon
élément ; il ne penſe qu'au plaiſir ;
il ne réfléchit pas; il parle beaucoup ; il ſe divertit plus. Convain-
cu qu'il n'eſt pas ſur la terre pour
être dévot , il partage ſes jours entre les plaiſirs de la table & ceux de
l'amour. Il a des diſciples à qui il
apprend l'art de ſe livrer aux paſſions ſans remords. Il prêchoit d'exemple ; il parloit le verre à la main.
Allons , mes amis, diſoit-il , point de
chagrin , jouiſſons de la vie ; & s'il
faut que nous mourions,que la mort
nous trouve enivrés ou dans les
bras de Silvie..... Voilà une jolie
morale , diſois-je ; mais laiſſons le
faire, il eſt jeune , il vieillira. Nous
verrons alors... La plûpart de ces
Meſſieurs , ajoutois-je , ſont de petits Héliogabales , tant qu'ils ont de

la force ; & lorſque la vieilleſſe com-
mence à ſilloner leur front , blaſés
des plaiſirs , & rebutés des mêmes
compagnies dont ils avoient été l'a-
me & les délices , ils font à Dieu la
grace de lui conſacrer les reſtes lan-
guiſſans d'une vie preſqu'éteinte par
la débauche.

Après ces réflexions , je crus être
au milieu de ces lieux charmans ,
appelés Champs Eliſiens. On y voit
les Poëtes ſublimes , les Orateurs
célebres , les Capitaines fameux , les
Hiſtoriens ſinceres ; mais on n'y voit
qu'eux. Réunis par la gloire , l'envie
n'altere point leur amitié. Virgile n'eſt
point jaloux du mérite de Cicéron ;
Démoſthènes ne l'eſt pas non plus des
talens de Céſar. La paix eſt dans le
cœur de ces Grands Hommes ; ils
s'entraiment , ils ſe louent ſans peine ; ils font même aſſez grands pour
avouer qu'ils ont fait des fautes , &
aſſez généreux pour les corriger.
Rouſſeau ne fait aucune difficulté de
biffer ſes Comédies ; Virgile eſt fâ-
ché d'avoir métamorphoſé les vaiſ-

seaux d'Enée en Nymphes, & leur
rend leur forme naturelle. Boileau
efface avec courage son Ode sur le
siége de Namur, & Corneille ôte
de la plûpart de ses Tragédies les in-
trigues d'amour qui y sont dépla-
cées. César même, le grand César se repent d'avoir vaincu Pompée, & d'avoir donné des fers à sa
Patrie. J'examinois avec respect ces
Héros; je les admirois; mais j'étois
étonné de ne pas voir parmi eux
des hommes que l'Histoire immor-
talise; Auguste, par exemple, que
l'on a flatté jusqu'à donner son nom
à son siecle; Alexandre, dont nous
osons consacrer les cruautés & l'ambition, & mille autres qui ont eu
pour Précepteurs des Aristotes, &
qui n'en sont pas devenu meilleurs.
j'en voulois savoir la vraie cause:
Je la demandai. Ovide me répondit:
ne soyez point surpris de ne pas voir
ici ces Monarques pour qui leurs
contemporains ont composé tant
d'Odes, tant d'Epîtres, tant de Discours, tant d'Histoires, tant de Gé-

néalogies, tant de Panégyriques ; ils ne méritent pas d'y être.

Ovide parloit encore, & flatteur pendant sa vie de cet Auguste qui ne pouvoit être que flatté, il alloit se déchaîner contre lui, & chanter une longue palinodie, lorsque j'aperçus à la porte des Champs Elisiens un Poëte fameux sur la terre, qui demandoit à haute voix d'être admis dans le séjour de la gloire. Un Poëte ! Ce n'est pas assez dire : il est aussi Orateur, Historien, Epistolifte, Romancier, Tragique, Comique, Lyrique, Mathématicien, Philosophe, Moralifte, Phisicien, Astronome ; c'est en un mot le Chrisologue de Rousseau. Il demandoit, dis je, à être admis dans le séjour de la gloire. C'est la coutume des Sçavans bienheureux d'examiner scrupuleusement les Ecrits des récipiendaires. Malheur à eux, s'ils n'ont pas un mérite suffifant ; car la troupe immortelle est sévere, & ne balance point à les chaffer honteusement. On demande donc à Chrisologue ses

Ouvrages. Chrifologue rit, à peu près comme riroit un Prince du Sang à qui le Grand Maître de Malte demanderoit des titres de Nobleffe pour le recevoir dans fon Ordre. Chrifologue préfente cependant fes Ouvrages : on les lit à haute voix ; fes Odes endorment Horace & Rouffeau ; fes Epîtres font hauffer les épaules à Boileau & à Madame de Sévigné ; fes Fables & fes Contes font bâiller Phedre & la Fontaine ; fes Drames feuls font goûtés, mais Sophocle, Euripide & les autres Tragiques prétendent que ce font les leurs, auxquels Chrifologue a donné un air & des manieres Françoifes. On fe leve auffi-tôt ; conclufion définitive, on allume un grand feu près de Chrifologue, le Génie y jette fes Ecrits, parce que les uns, dit-il, font foporifiques, & que les autres font volés ; pour lu on le berne, on le fiffle, on le chaffe fans reffource, & on lui défend de fe repréfenter devant l'affemblée, fous peine d'être brûlé comme fes productions. Je fus effrayé du traitement qu'on faisoit à cet homme, qui dans le monde avoit presque des autels ; apparemment, disois je, qu'il ne doit sa réputation brillante qu'à ses larcins littéraires. Il n'est pas le seul, ajoutai-je, qui couvre ainsi les ouvrages antiques d'un coloris moderne. La plûpart des Hommes illustres d'aujourd'hui sont dans ce cas ; s'ils brillent sur le théatre, c'est de l'embonpoint de leurs prédécesseurs ; s'ils sont estimés au Barreau, c'est que Cicéron à écrit ; s'ils sont admirés dans les chaires, c'est que les Prédicateurs anciens sont moulés en gothique, & que la patience du Public ne sauroit les déchiffrer. On compte les volumes qu'ils ont faits, sans songer aux sources d'où ils les ont tirés ; on les estime, parce qu'on les croit Auteurs ; on cesseroit bientôt de les admirer, si l'on savoit qu'ils ne sont que Copistes.

A ces mots, je m'imaginai être sur le Parnasse. Là est un temple consacré au Dieu de la Poësie, les

Mufes l'habitent, & font retentir
les voutes des fons enchanteurs de
leurs lyres & de leurs voix. J'y entrai fans peine : mais remarquez
que c'étoit en idée : j'y vis les neuf
fœurs occupées à célébrer la grandeur d'Appollon, les charmes de
Venus, & la puiffance de l'Amour.
La porte de ce Temple étoit affiégée
de je ne fçais combien de prétendus
cignes qui hauffoient le ton pour
montrer par leurs aigres cris qu'ils
n'étoient que des oifons méprifa-
bles par-tout ailleurs que dans leur
poulailler.

Ou y voyoit Cotin & Bonnecorfe,
 Tous deux Auteurs de même force,
 Grater à la porte & crier :
 Meffieurs, nous pouvons bien entrer,
 Nous avons fait mainte fatyre,
 Qui nous mérite des autels,
 Et place auprès des immortels. . . .
 Les Mufes n'en faifoient que rire,
 Et le blond Phebus éclatoit.
On y voyoit l'Auteur des * * *

Se moquer d'eux , & de ses apostrophes
Verser le fiel qui fort les tourmentoit ,
Et d'un ton cas , d'un œil fin , d'un air rogue,
Il ordonnoit que la porte s'ouvrit ,
Pour lui s'entend. Mais Apollon sourit ,
Et sors , ami , ta Piece est une drogue ,
Ce lui dit-il , sans force & sans esprit.
Quoi sans esprit , repliqua le comique !
Vous vous trompez , tout Paris l'applaudit.
 Alors Messer Apollon dit :
 Taisez vous, Poëte maudit,
 Vous n'êtes qu'un vil satyrique ,
 Allez apprendre à mieux parler,
 A mieux dépeindre, à mieux médire....
 Sachez que l'on doit respecter
 Des gens que j'ai tâché d'instruire.
 Alors d'un bras fort & nerveux,
 Qu'animoit encor la colere,
 Il jetta le mordant compere
 Dans un étang noir & fangeux.
 Humide de boue & de crasse ,
L'Auteur croté lui-même s'empestoit ,
Il barbotoit , barbotoit , barbotoit ,
Sans pouvoir se tirer de sa putride place :
Fumant , pestant , saisi de désespoir ,

Cruellement affligé de se voir
Dans une eau sale, il seroit mort de rage ;
Mais il y vit F*** qui le retient à gage,
Qui barbotoit, barbotoit, barbotoit,
Ainsi que lui : je dois être plus sage,
Se dit-il donc : ici mon maître nage :
Pourquoi pester ? Suis-je pas son valet ?
Et le laquais est-il plus que le maître ?
Sans doute, non : partant puisqu'il doit être
Dans ce bourbier, je ne dois dire rien :
Tout comme lui, je dois m'y trouver bien.

A la porte de ce Temple étoient aussi les Pradons, les Perrauts, les Titreville de ce siécle : ils mendioient une entrée libre, mais envain : il étoit impossible qu'ils l'obtinssent. Pourquoi, me demanderont-ils peut-être ? Parce que le sanctuaire des Muses ne peut être approché que des Poëtes, & que vous ne l'êtes pas.

Pardonnez moi, mon cher lecteur, si je vous conduis encore dans un Temple : je scais bien que vous n'êtes pas accoutumé à voir tant d'autels & de sanctuaires : mais je vous ai promis mon rêve, & je vous le donne. J'entrai donc, en sortant du Temple des Muses, dans celui de l'Irréligion. . . . . De l'Irréligion, me direz-vous? Ce monstre a-t-il un Temple? Oui sans doute, & plus d'un.

J'entrai, dis je, malgré la foule: car j'avoue que j'y vis plus de monde que l'on n'en voit dans nos Eglises les jours même solemnels. Des tableaux, des tapisseries, rien n'étoit épargné pour l'embellir: l'autel sur-tout où réside la Déesse brilloit de tout ce qu'il y a de plus précieux dans l'Univers: les colonnes & les piliers étoient couverts d'affiches dangereuses, & le trésor n'étoit garni que de Livres anciens & modernes. Ici, me dit le Trésorier, sont les ouvrages de Porphire & de Julien: là ceux de Spinosa & de Vanini: dans ce coffre ceux de Hobbes & de Baile: dans ce coin les Œuvres de Grécourt, les Pensées de * * *, les Lettres de * * *, l'Epître à * * *; mais la pièce

pièce la plus curieuse, ajouta-t-il,
& que nous conservons avec le
plus de soin, est un gros ouvrage,
encore incomplet, que notre Déesse
a inspiré alphabétiquement à ses
adorateurs. Rien de meilleur, rien
de plus exact, c'est dommage qu'il
soit défendu de l'achever. Etonné
de voir ce concours extraordinaire,
j'interrompis mon Orateur : vou-
driez-vous, lui dis-je, avoir la bonté
de m'apprendre, Monsieur, si ce
Temple est toujours aussi fréquenté
qu'il l'est aujourd'hui? Il l'est davantage ordinairement, me répondit-il.
Des quatre parties du monde il nous
vient tant & tant de pelerins, que
nous ne pouvons pas suffire à les
enrôler dans notre congrégation;
car nous composons tous une société
semblable à celle des Francs-Maçons,
& cette société est fondée sur des
régles & des loix assez dures....Assez
dures, interrompis-je en souriant ?
Oui, Monsieur, me répliqua-t'il gravement ; lisez nos statuts, & vous
ne rirez plus. Nous chassons de no-

tre communauté quiconque a la foibleſſe d'avoir des remords : il faut commettre les crimes les plus affreux ſans rougir. Cette loi n'eſt-elle pas aſſez rigoureuſe ? Auſſi nous ne comptons guéres parmi nos freres que les jeunes gens qui ne ſont pas encore enivrés & blaſés des plaiſirs. Les vieillards nous quittent, ils ſe conſacrent à la piété lorſque leurs os ſont deſſéchés, & que leur cœur n'a plus la force de pouſſer un ſoupir amoureux. Il en eſt cependant qui malgré leur âge & leurs infirmités, ſont toujours nos amis, & continuent de rendre à l'irreligion un culte & des hommages ; les grands, ſur-tout, ne nous abandonnent jamais : fidéles obſervateurs de nos uſages, ils emportent dans le tombeau le regret de ne l'avoir pas été plus long temps : ils ont le courage de mourir ſans avoir peur de Dieu, ſans croire ces terribles paradoxes qui effrayent la timide crédulité...... leur dernier ſoupir reſſemble à celui de Vanini, il eſt contre l'Enfer.

L'Orateur parloit encore & j'étoit déja loin de lui. Affis au Palais Royal à l'ombre d'un gros arbre qu'on nomme *arbre de Cracovie*, j'écoutois avec attention une douzaine d'impertinents vieillards, qui, nouveaux Machiavels, nazilloient fur la politique de l'Univers, & traçant avec leur cannes les Villes de guerre des pays limitrophes qu'ils n'ont jamais vûs même fur la Carte, montroient du doigt aux Généraux l'endroit foible par où elles étoient prenables. Selon eux le Gouvernement étoit mal géré, les Miniftres étoient ignorants, les Officiers n'avoient ni prudence ni valeur, tout alloit mal. Un jeune homme s'approcha de l'un d'eux pendant leur difpute, &, Monfieur, lui dit-il, affez haut pour être entendu, remettez votre bas, il eft à l'envers ; cette parole déconcerta mes politiques, ils fe féparerent en rougiffant.

Je riois de leur déroute, lorfque je me retrouvai auprès de Lumineuse qui peſtoit encore toute ſeule contre l'Auteur Hebdomadaire dont elle me parloit ci-deſſus : quel eſt dis-je, ce jeune homme que je vois dans cette petite chambre à gauche ? C'eſt répondit-elle, un Abbé petit maître, qui, pour s'avancer, garde par-tout le *decorum* de ſon état, ſans en être plus vertueux ; tous les jours à l'Egliſe, il y édifie les ſpectateurs par ſa piété apparente : cela ne l'empêche pas de voir le monde, de l'aimer & de ſuivre ſes maximes ; mais il les ſuit in *petto*. Bien-tôt il ſera récompenſé de ſon hypocriſie : dans peu ſes vices ſeront croſſés & mitrés, ſa fatuité monſeigneuriſée, & ſa vanité chargée d'une croix d'or, ſigne autrefois ſûr, à préſent équivoque de ſainteté.

Mais, continuons notre examen, dit Lumineuſe en s'interrompant, à moins que cet examen ne vous laſſe. Ah, Madame, répondis-je auſſi-tôt, auriez-vous oublié que je ſuis François, & qu'un François eſt amateur né de la critique ! Eh bien, jettez

donc les yeux, dit la Fée, ſur l'ancien Palais des Rois, ſur le Louvre :
vous devez appercevoir dans un
petit appartement un homme, auprès
de qui ſont des couleurs & un pinceau. C'eſt, continua-t-elle, ſans me
donner le temps de répondre, c'eſt
le premier Peintre de l'Europe & le
Praxitele de la France. Généreux &
déſintéreſſé, ce n'eſt ni la flatterie,
ni le deſir de s'enrichir qui broient
ſes couleurs, mais le deſir d'être
vrai. Ses tableaux ſont des portraits :
les défauts n'y ſont pas flattés, comme les beautés n'y ſont pas dégui-
ſées. Si un Roi borgne avoit la ſottiſe de ſe faire peindre par ce grand
homme, il ne ſeroit point tiré en
profil, & la poſtérité ſçauroit qu'il
n'avoit qu'un œil. Ce Vauban pour
la peinture, n'eſt pas aſſez eſclave
des grands, pour deshonorer ſon
art, dont le caractère principal eſt
d'être vrai ; la nature lui ſert de gui-
de : elle dirige l'audace de ſon pinceau, la marche de ſa main & la vi-
vacité de ſon coloris. Elle entretient

C iij

dans un sage équilibre l'activité de son génie : elle est comme l'instinct de son imagination.

Près de lui, ajouta-t-elle, demeure un sage qui aux finesses de l'esprit joint l'étendue du génie : ami des Arts & des Artistes, il aime trop ses semblables pour ne pas les éclairer, & il les connoît assez pour mépriser leur critique. Rival des Newtons & des Descartes, il veut, comme eux, être le bienfaicteur de sa patrie. Il n'a rien négligé, depuis qu'il vit, pour s'instruire : il a parcouru, comme le Philosophe d'Abdère, la vaste circonférence de l'Univers ; il a étudié les hommes, non pour s'en mocquer, mais pour les corriger ; il a arraché à la nature ses secrets, & son œil a découvert dans le monde physique des perfections qui avoient échappé aux regards perçans de ses prédécesseurs. Le monde est une vaste bibliothéque dans laquelle il lit, pour ainsi dire, couramment. Riche des dépouilles de l'Orient & de l'Occident, il distribue à présent

ses richesses, & abrege par cette gé-
néreuse distribution le chemin qui
conduit aux sciences. Puisse la France
le conserver longtems! Mais qu'elle
ordonne à l'envie de se taire. Car
observez, me dit-elle, que tel est le
triste sort des grands hommes. Ils
s'élevent à peine au-dessus du peuple
des sçavans, que la multitude, op-
primée de leur gloire, se rassemble
autour d'eux & croasse. Rien n'é-
chappe à la censure envenimée. Elle
se jette d'abord sur l'ouvrage, & si
elle n'y trouve rien à réprendre,
elle se jette sur l'auteur, &, par
une coupable curiosité, elle ose pénétrer ses vues, calomnier ses inten-
tions, outrager sa piété par les im-
putations les plus atroces. Ici les
grands hommes ne jouissent jamais
du fruit de leurs travaux : eux & leur
réputation ne sont jamais contemporains. A Londres, le sçavoir d'un
homme est honoré pendant sa vie :
se distingue-t-il par ses talens, son
nom est aussi-tôt sacré : ses vertus
obtiennent les éloges les plus flat-

teurs, & si l'Angleterre n'étoit Chrétienne , elle diviniseroit , comme Rome prophane, les Citoyens qui l'honorent ; mais si elle ne leur éleve pas des temples , elle leur dresse au moins des statues après leur mort , & leur confie ses plus importans emplois pendant leur vie. En France , au contraire , les Capitaines fameux , les Poëtes célébres , les Orateurs sublimes sont persécutés tant qu'ils respirent , & souvent sont oubliés lorsqu'ils ne sont plus.

Les contemporains de Cicéron , de Demosthènes , de Virgile & d'Horace leur servoient de postérité , continua Lumineuse : il n'étoit pas nécessaire qu'ils mourussent , pour être admirés. On savoit que rien n'est plus propre à animer , développer le germe des Arts , qu'un éloge court , donné à propos aux Artistes. Les Bavius , & les Mævius d'Athènes & de Rome satyrisoient à la vérité leurs maîtres , mais leurs durs vers vengeoient assez la réputation de ceux qu'ils attaquoient. Le

Public connoiſſoit ces petits rimeurs,
les liſoit peut-être parce qu'ils criti-
quoient, & les jettoit enſuite au
feu, ſans leur faire l'honneur de les
croire. On penſoit alors ; on ſiffle
aujourd'hui. Mille inſectes bruians
s'élévent tous les jours, & s'efforcent de piquer des hommes qui leur
permettent de vivre, & qui pour-
roient les écraſer. Des Auteurs ſubalternes, plagiaires de leur métier
& de leur nature ſaltimbanques
lâches & pareſſeux, rapſodient des
libelles diffamatoires, & ſous le
maſque favorable de l'anonyme,
flétriſſent la gloire de ceux dont ils
ne peuvent être rivaux ; mais ce
qu'il y a de plus affreux, c'eſt qu'en
liſant leurs brochures enflées de calomnies, on a la ſottiſe de les croire ; on s'imagine follement que c'eſt
à ces courtauts du Pinde à diſpen-
ſer l'immortalité, & qu'ils ſont les
arbitres de la réputation des autres.

Mais les ſiécles barbares s'écou-
lent, dit ma Fée, la littérature étend
ſa lumiere de tous côtés, l'eſprit phi-

losophique est tous les jours culti-
vé de plus en plus, les préjugés
s'évanouiront, la vérité s'établira
sur leurs débris, & bien-tôt Paris
sera pour ses Citoyens illustres ce
qu'est Londres pour les siens ; il
honorera ceux qui l'honorent, &
osera récompenser ses bienfaiteurs.
Les siecles désormais porteront le
nom de ceux qui les auront illustrés,
& non des bourreaux couronnés qui
les auront ensanglantés ; on ne dira
plus le siecle d'Auguste, mais le
siecle d'Horace ou de Virgile. Que
de Princes assis sur le trône, qui,
dans les jours d'ignorance, eussent
donné leurs noms à leurs siecles, &
qui ramperont dans la foule des
Rois ? Il n'y aura peut-être que le
dix-septieme siecle qui conservera
son nom.

Lumineuse parloit encore, lorsque j'apperçus une maniere de Prêtre qui transcrivoit ; il avoit devant
lui plusieurs livres ouverts, qu'il li-
soit à mesure qu'il écrivoit. Qu'est-
donc que cet Ecrivain, dis je à ma

conductrice ? Ne seroit-ce pas un Copiste? A-peu-près, répondit-elle, c'est un prédicateur célébre, qui débite sans façon dans une chaire ce qu'il a étudié avec peine ; car on apprend difficilement les ouvrages des autres. Les livres dans lesquels il lit sont gothiques , & par conséquent inconnus ; il en tire la substance , & la revêt des couleurs du Poussin. Son style gracieux déguise son plagiat & ses vols ; on sent qu'il veut plaire , & il a l'agrément d'entendre dire par-tout que ses Sermons sont jolis. Les gens d'un certain air courent à ces discours , & l'applaudissent sans le comprendre ; les femmes même le goûtent quoiqu'il soit monotone , mais les Sçavans apprécient son mérite , & pésent ce qu'il vaut. Selon eux, le fonds de ses discours est excellent , mais le coloris ne leur sied point , parce que l'éloquence sacrée évite le brillant & les fleurs, & que les vérités de l'Evangile n'ont besoin , pour faire impression , que d'une diction pure , mais fimple, & d'un ftyle majeftueux, mais exempt d'afféterie. Ses Sermons reffemblent à ces corps antiques qui brillent d'une fraîcheur trop moderne pour être refpectés, & que l'on n'aime pas, parce qu'il font habillés mal-à-propos en petits maîtres.

Il n'eft pas le feul, continua-t-elle, qui recrépiffe les ouvrages anciens, pour les déguifer aux yeux du vulgaire. La plûpart, non contents d'être les échos des Peres, cherchent encore dans les vieux manufcrits de quoi parler une heure à un auditoire fatigué; car les Saints Peres n'ont jamais parlé à leurs peuples qu'une demi-heure au plus. Semblables aux troupes légeres, ces Orateurs vivent de vols & de rapines. Je n'en connois qu'un à qui appartienne ce qu'il dit, la maniere dont il le dit, & cette éloquence muette que l'on appelle *geftes*; mais on fent bien qu'il eft original, puiffe-t-il n'avoir pas de copie!

Non loin de lui, ajouta Lumineuse, est un Abbé qui préfére Horace à Nicole, & qui aime mieux commenter les Odes, les Satyres & les Epîtres de l'un, que la morale de l'autre. C'est un Saumaise nouveau, qui allonge par mille mots superflus une sentence que tout le monde comprend, & que le Poëte a produite sans peine. Energumene dans les sciences, comme il est incapable de penser, il s'est avisé d'expliquer les pensées des autres ; il compile, compile, compile, & ne sait que transcrire, & puis quoi ? Transcrire. Quoi encore ? Transcrire, vous disje. Il fixe hardiment les regles de l'éloquence & de la poësie, comme si ces deux sciences pouvoient être fixées. Il trouve dans Homere & dans Virgile des figures de rhétorique auxquelles ces deux grands Hommes n'ont jamais songé, & il enfante laborieusement deux ou trois volumes *in folio*, pour analyser froidement, pédagogue ennuyeux, les beautés sans nombre que l'imagination de ces deux Auteurs a créées en se jouant.

Telle est , dit ma Conductrice , la manie de ces Néophites littéraires qui craignent de n'être rien dans la République des Arts. Ils vous débitent , d'un ton magistral & pédantesque , tout ce qu'ils ont lu. Ils vous donnent des préceptes sur la poétique , ou , Rhéteurs abécédaires , ils font de Démosthènes & de Cicéron un extrait qu'ils appellent raisonné, plus prolixe que tous les discours de ces deux Orateurs. Fuyez ces froids Scaligers , ces Moralistes littéraires, ces Savantas fastidieux : ils vous accableroient de leurs textes soporifiques.

Mais que vois-je , repris-je à mon tour ? Un gros homme qui remplit un canapé , & qui sommeille légerement. Sans doute qu'il a beaucoup travaillé ? Point du tout , dit Lumineuse. Il est seulement fatigué du fardeau de sa graisse & de son oisiveté. C'est un Seigneur tiré de la

pouffiere depuis peu, qui péfe à préfent trois cents livres , & qui, quoi
qu'en difent les jaloux, a une forte
de mérite. Il fait fiffler une chanfon
& feffer une bouteille de Cham-
pagne à fes quatre repas ; fa grof-
fiéreté le rapproche de l'état de nature ; fa ftupidité fait foupçonner
que le fyftême du Genévois eft
vraifemblable ; il méprife les livres
& les Auteurs , il aime feulement à
tenir la moitié d'une table échancrée
pour fon ventre. Qu'il foit feul ou
en compagnie , il eft toujours content ; le vice & la vertu le laffent ,
il ne fe foucie pas d'être vertueux ,
il n'a pas l'efprit d'être vicieux , il
n'a pas affez d'inftinct pour être rai-
fonnable ; mais il poffede huit cents
mille livres de rente. Les richeffes ,
ajouta-t-elle , fervent de bouffole à
ceux qui n'en ont pas , & de vertus
à ceux qui les poffédent. La pauvreté eft aujourd'hui un vice impar-
donnable. Ayez , fi vous voulez ,
du mérite, de la candeur & de la
probité : ces qualités, fi utiles à la

Société, ne frapperont pas les yeux,
si elles ne sont enveloppées l'Hiver
dans un habit de velours , & l'Eté
dans un habit de soie.

L'argent , l'argent , dit-on , * sans lui tout
est stérile ;
La vertu sans argent n'est qu'un meuble inu-
tile.
L'argent en honnête homme érige un scélé-
rat ,
L'argent seul au Palais peut faire un Ma-
gistrat.
Qu'importe qu'en tous lieux on me traite
d'infâme ,
Dit ce fourbe sans foi, sans honneur & sans
ame ?
Dans mon coffre tout plein de rares qualités,
J'ai cent mille vertus en louis bien comptés.
Est-il quelque talent que l'argent ne me don-
ne ?
C'est ainsi qu'en son cœur ce Financier rai-
sonne.

Cette soif des richesses est le poi-

* Boileau , Epître cinquieme.

son le plus funeste aux États ; c'est
elle qui abâtardit le suc utile des
sciences , qui effémine le courage
mâle & le patriotisme zélé , & qui
énerve cette simplicité que nous
admirons dans nos ancêtres ; c'est
elle qui diminue le nombre des Citoyens , qui anime le luxe dangereux aux vertus civiles & à la po-
pulation. Rome naissante , aimant
la pauvreté , comptoit des grands
Hommes & des Héros. Ses Citoyens
intrépides & vertueux , étoient autant d'Alcides qu'animoit l'intérêt
seul de la Patrie ; on les voyoit sor-
tir de dessous leur chaume , voler
aux combats , &, victorieux de leurs
ennemis , revenir tranquillement &
sans faste , & reprendre majestueu-
sement le timon de leurs charues.
C'étoit à la campagne qu'on trou-
voit les Consuls , les Dictateurs &
les Rois. Rome n'admiroit point encore la magnificence des amphithéa-
tres , & la pompe des triomphes ;
mais elle comptoit des Fabrices, des
Camilles , &c. qui présentoient à ses

yeux un plus beau spectacle que les spectacles de Pompée. L'Etat étoit riche, les Particuliers pauvres ; les maisons étoient simples, mais propres ; on y voyoit un ex-Dictateur, un ex-Consul qui comptoit quarante ou cinquante ans de vertus, & aux côtés duquel paroissoient être les Rois qu'il avoit vaincus, les Nations qu'il avoit domptées, & les lauriers qu'il avoit cueillis. Vieilli par les travaux & les fatigues plus que par le tems, & incapable d'être encore à la tête des armées, il instruisoit ses enfans au dur métier de la guerre, il leur inspiroit ses vertus ; & quand il s'appercevoit qu'ils savoient assez l'art de vaincre, il les serroit dans ses bras affoiblis, les embrassoit tendrement, les offroit à sa Patrie, & mouroit content.

Tels étoient, continua Lumineuse, les premiers jours de la République naissante ; elle eût toujours été vertueuse, si elle ne fût pas devenue la maîtresse de l'Univers. Les richesses du monde énerverent son courage & amollirent sa vigueur, & l'Asie, retirée toute entiere à Rome, y sema ses vices & ses passions. Les Romains ne furent plus que riches & voluptueux ; le feu de leur redoutable valeur s'amortit, leur intrépidité s'éclipsa, & les Gaulois (alors ils étoient sobres, sages & pauvres) leur donnerent des fers. O François, le sang des vainqueurs de l'Italie coule dans vos veines ; mais que vous l'avez corrompu ! Où sont ces vertus que vous admirez en eux, cette frugalité précieuse, ce désintéressement noble, cette sagesse rigide ? Hélas ! Vous n'avez retenu d'eux que l'art féroce de dépeupler les Villes & d'ensanglanter la terre.

En effet, dit ma conductrice, qu'est devenue cette heureuse simplicité que nous remarquons dans les preux Gaulois ? Ses traces sont entierement effacées du cœur de leurs neveux, & ne sont conservées que dans l'Histoire. L'esprit de raffinement s'eſt répandu dans tous les Etats, & y a introduit l'amour des modes; les Grands ne daignent plus marcher, les Bourgeois ſont auſſi efféminés que les Grands; la mo-leſſe aſiatique s'eſt gliſſée même par-mi les Habitans de la campagne, tous les ordres de la Société ſont Caraïbes par leur pareſſe, & Eſ-pagnols par leur fatuité. On craint de travailler, on joue beaucoup, on ſe couche & l'on ſe leve tard; les Laboureurs boivent au lieu de re-tourner leurs champs : bientôt Paris ſera d'or & mourra de faim.

Je ſais cependant, car il ne faut rien cacher, qu'il eſt encore des François aſſez généreux pour mépri-ſer les richeſſes, & qui, perſuadés que le bonheur ne ſe tire pas des veines du Potoſe, le cherchent dans la pratique de la vertu. Mais que ces mortels ſont rares! La plûpart courent à pas précipités au temple de la fortune; ils ſe preſſent pour y entrer, & entaſſent tréſors ſur tréſors pour annoblir leurs crimes & honorer leur baſſeſſe. Il en eſt beaucoup qui décrivent les plaisirs que goûte l'homme sans desirs ; il en est peu qui veuillent les goûter. Des hommes engraissés du suc des malheureux, assis à une table somptueuse, couchés sur le duvet, & environnés d'une foule d'esclaves impertinents, osent crier à l'Univers qu'il faut mépriser les biens frivoles de la terre . . . ! O vous qui réunissez à la théorie du Philosophe la pratique du Sybarite, réservez à la crédulité du vulgaire les belles sentences que vous nous débitez. Rome savante ne croit pas Seneque qui, dans ses palais, prêche, le verre à la main, sur le mépris des richesses & des plaisirs.

Saisi tout-à-coup de frayeur à la vue d'un spectacle lugubre qui s'offrit à mes regards, j'interrompis par des cris cette longue morale. Je voyois dans un petit Hôtel une famille désolée qui faisoit retentir l'air de ses sanglots ; un vieillard blanchi par les années, versant, dans un morne silence, des

larmes ameres ; une femme écheve-
lée , pouſſant de longs ſoupirs , & ſe
frappant durement la poitrine ; des
enfans conſternés qui tendoient leurs
bras vers le ciel. Mon cœur palpi-
toit à ce triſte ſpectacle ; car j'oſe-
rai dire à mon ſiecle , ſans rougir,
que je ſuis né ſenſible aux malheurs
de mes ſemblables. Je voulus ſavoir
la cauſe d'une douleur ſi vive , &
je vis en même tems étendu dans un
lit un cadavre qui ſembloit avoir été
le corps d'un jeune homme. Hélas ;
diſois-je en moi-même , il n'eſt ,
pour ainſi dire , pas encore né , &
le voilà déja noyé dans les ombres
du tombeau! Il commençoit à vivre,
& il n'eſt plus ! O glaive de la mort,
que tu es prompt à frapper ! Puis
me retournant vers Lumineuſe ,
quel accident fâcheux , continuai-
je , a rendu à la pouſſiere ce malheureux jeune homme ? L'amour,
répondit-elle. Il aimoit une Actrice
de l'Opéra , & vouloit l'épouſer ;
ſes parens n'y ont pas conſenti , &
ont obtenu la permiſſion de ſéqueſ-

trèr cette fille dans les Isles ; il l'a
suivie par-tout. Ils étoient à peine
en pleine mer que des Pirates atta-
querent leur vaisseau & s'en rendi-
rent maîtres. Il s'emparerent de
tout, excepté du jeune homme, qu'ils
eurent la charité de remettre à
terre, parce qu'il étoit malade. Il est
revenu depuis peu à Paris pour s'y
faire enterrer. Ses aventures sont
longues, & je n'ai pas le tems de
vous les raconter ; mais si vous avez
lû les malheurs du Chevalier Des-
grieux , vous savez l'histoire de ce
jeune mort.

A côté de cet Hôtel, ajouta-telle ,
demeure un vieux Président , consacré depuis sa jeunesse à Thémis.
Né pour le bonheur des hommes ,
il ne goûta jamais d'autres plaisirs
que ceux de l'étude. Cloué sans cesse
sur Cujas & Barthole , tandis que
ses semblables se livrent aux dou-
ceurs de la table & aux enchante-
mens de la volupté , il les interroge
& les juge. Il pourroit cependant
se montrer au monde & lui donner

des préceptes de conduite & de fa-
geffe ; mais il fait qu'il eft homme ,
& que les vertus qui le diftinguent
des autres font noyées parmi une
mer de vices qu'il ne connoît pas, &
qu'il feroit dangereux de montrer :
il aime mieux s'ifoler & fe cacher à
tous les yeux que de laiffer entrevoir fes défauts. C'eft une Divinité qui ne paroît que dans le Sanctuaire de la Juftice, & qui ne s'occupe
qu'à prononcer des oracles ; on l'aime, on l'eftime, on le refpecte,
on l'aborde avec confiance, on le
quitte, fatisfait de fes réponfes &
charmé de fa politeffe. Le coupable
& l'innocent s'adreffent à lui, pour
être jugés, parce qu'ils favent que
ce n'eft point l'intérêt qui dicte fes
décifions. Il eft lui feul & leur Avocat & leur Confeiller & leur Rap-
porteur & leur Juge. Il eft lui feul un
un Aréopage, un Parlement fouve-
rain dont on n'appelle jamais. Sans
humeur & fans bile, la férénité
brille toujours fur fon front augufte ;
le caprice n'y répand jamais fes nuages

ges odieux. Il n'est point du nombre de ces Magistrats austeres qui
rendent la Justice avec aigreur , &
qui croiroient émousser le glaive
qu'ils portent, s'ils ne le trempoient
dans le fiel. Il sait donner des graces
à la sévérité des loix ; il sait être
juste sans cesser d'être humain ; il
pardonne avec transport , il punit
avec douleur ; il se souvient toujours qu'il est Juge & Citoyen. Ennemi implacable du crime , il laisse
cependant entrevoir au Criminel la
peine qu'il sent de le condamner ;
il pleure la mort du malheureux
qu'il ordonne , & l'arrêt fatal qu'il
prononce est mouillé de ses larmes.
En un mot, ce Magistrat ressemble-
roit à Caton , si Caton eût été
homme.

Que ses pareils sont rares, continua Lumineuse ! La plûpart, Magistrats petits - maîtres , prouvent
par leur conduite qu'ils n'ont acheté
la puissance de s'asseoir sur les fleurs
de lys que pour annoblir leur paresse & leurs débauches. Livrés à

l'impétuofité de leurs paffions , ils n'ignorent que celle de l'étude. Bla-fés du vin qu'ils ont bû pendant la nuit , & fatigués des plaifirs qu'ils ont goûtés , on les voit, ces Dieux de la terre , étaler le matin , fur un Tribunal refpectable , leur foibleffe & leur ennui , & décider en fe frot-tant les yeux , une affaire impor-tante à laquelle ils n'ont pas pen-fé. La Juftice rougit de leurs déci-fions , fuffent-elles juftes , parce qu'elles font hazardées , & les loix , au milieu de leur Temple , cherchent leurs Miniftres & n'y trouvent que leurs ennemis.

Mais , dit Lumineufe , refpectons le Sénat de Rome ; il s'y trouva au-trefois des Dieux , & il s'y en trouve encore. L'Hiftoire vante les La-moignons , les le Pelletiers , les Harlai ; Paris compte encore les de Maupeou , les Molé , les , &c. qui ne cedent en rien à leurs ancêtres. D'ailleurs , l'image des Rois nous doit être facrée ; tant pis pour elle fi elle n'eft pas reffemblante. Occu-

pons nous de matieres moins dé-
licates.

Voyez, par exemple, ce Gaze-
tier fanatique, qui répand à plei-
nes mains le fiel & la calomnie, &
que la Police tolere parce qu'elle
fait que ses libelles ne font qu'inutiles, & qu'ils ne font aucun tort aux
personnes qu'ils attaquent. Il est im-
posteur par charité ; par charité il
apprend au public des forfaits qu'il
devroit ignorer; c'est la charité qui
lui dicte toutes les horreurs qu'il
vomit. Sans la charité, il respecte-
roit la mitre, il cacheroit les défauts
de l'homme Prêtre, il diroit la vérité. C'est un hypocrite raffiné,
quoique sans esprit, qui ne lance ses
traits émoussés qu'à la dérobée, &
qui, lâche & perfide, vous prend
par derriere pour vous tuer plus fû-
rement. Il n'ignore pas que s'il at-
taquoit en honnête homme, si c'est
être honnête homme que d'attaquer, il seroit écrasé par les personnes léfées. Encore s'il écrivoit
bien, s'il fatyrifoit avec esprit, on
D ij

lui pafferoit fes calomnies en faveur de fon ftyle ; mais il ennuie , quoiqu'il critique. Le fiel qu'il verfe eft foporifique & froid , fon ftyle eft décharné , fa diction eft lâche & mal peignée , fes narrations longues font louches. Prêtre de la charité , taifez-vous , je vous prie , ou médifez mieux ; fachez qu'il faut critiquer comme Pafcal , ou garder un fage filence.

Près de lui loge un Chimifte opiniâtre. Philofophe infenfé , il fouffle toute la journée , force les métaux à fe liquéfier , & d'un œil inquiet , il y cherche les particules d'or que fon fyftême y a imaginées. Il croit fottement trouver cette heureufe pierre Philofophale , objet de fes travaux , & fruit prétendu de fes veilles : il fe ruine par avarice. Ne lui dites pas que fes recherches font vaines , & que cette pierre pour laquelle il s'exténue , à force de fouffler , n'eft qu'une chimere que fes prédéceffeurs n'ont jamais pû réalifer. Il vous répondra froidement

qu'il eft plus robufte que fes prédéceffeurs , & qu'il attrapera dans peu
le degré de chaleur néceffaire pour
la produire.

Dans la même maifon travaille
un Hypocrate moderne , qui a le
courage de contredire l'ancien , &
que j'appellerai , quoiqu'en difent
les envieux , le bienfaiteur de l'hu-
manité. Appliqué dès fon enfance à
l'étude de la Médecine , il en a
écarté les préjugés, & il a jugé fes regles avant de s'y foumettre. Il n'a rien
épargné pour s'éclairer ; les voya-
ges , les lectures , les reflexions ,
il a tout employé pour fes femblables. Les plantes fur-tout ont eu en
lui un Anatomifte délicat & Philofophe , qui ne s'eft pas contenté de
de les difféquer pour en voir les
membranes , les fibres & le fang ,
mais pour étudier les ufages auxquels
le Créateur les a deftinées , & les ef-
peces de maladies à la deftruction
de laquelle elles font propres. Nouveau Salomon , il connoît depuis
le cedre jufqu'à l'hifope , & la na-

ture a bien voulu lui confier , pour l'avantage des hommes , le secret de ses végétaux. Aussi est-il ennemi implacable de ce remede, par lequel commencent toujours les Docteurs *Salubres*, de la saignée; il déteste ces grains vomitifs , qui déconcertent les ressorts humains en voulant les rétablir. Ses inovations sages & utiles, lui ont attiré la haine de l'Ecole. On lui prodigue là les noms odieux de Charlatan & d'Empyrique ; pour lui il la confond , en guérissant tous ses malades , & en dépensant tous les ans pour eux vingt mille francs.

La Médecine, ajouta Lumineuse, est respectable , elle nous est nécessaire ; mais la plûpart de ceux qui la cultivent ne paroissent pas mériter les respects qui lui sont dûs. Car qu'est-ce qu'un Médecin aujourd'hui? Un homme qui , après avoir lu quelques livres anciens ou modernes, enflés d'erreurs & de bévues , achete le droit de se fourrer. Un homme qui en tâtant le pouls , vous assûre d'un

air grave que vous avez la fievre ,
fans favoir ce qui la caufe ; un homme qui parle beaucoup , qui vous
dit en grec que vous êtes attaqué
d'une pleuréfie , lorfque vous l'êtes
d'une indigeftion ; un homme qui
contredit fes confreres , qui ne fait
pour tout remede que la faignée , la
diete , & puis la faignée , & qui tue
lentement fes malades parce que fes
vifites lui font payées chacune un
louis. En un mot , les Médecins fe-
roient tous le Sganarelle de Moliere ,
s'ils favoient qu'il font ignorans.
Mais...

Ici je m'imaginai être au milieu d'une forêt entouré de frip-
pons , qui me demandoient la bourfe
ou la vie ; je fus faifi de frayeur , &
je m'éveillai.

F I N.